外婆阿貝拉的禮物

文・圖／西西莉亞・瑞茲
譯／張淑瓊

＊本書原文西班牙文的阿貝拉（Abuela）是祖母的意思。

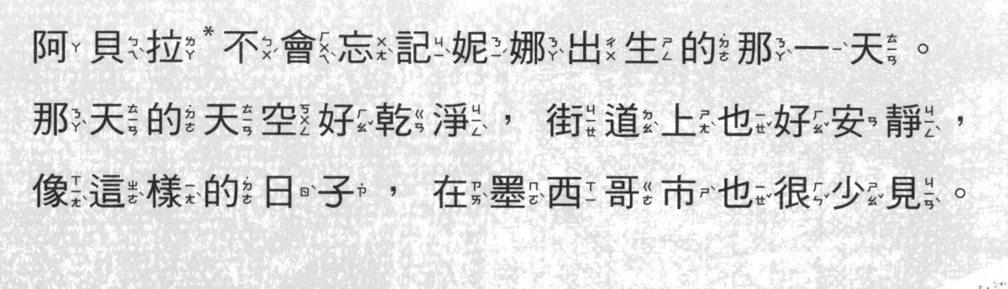

阿貝拉*不會忘記妮娜出生的那一天。

那天的天空好乾淨，街道上也好安靜，

像這樣的日子，在墨西哥市也很少見。

阿貝拉第一次抱著妮娜的時候，
她的心裡充滿了溫柔。雖然妮娜可能不記得了，
但她應該可以感受到躺在阿貝拉手臂裡那分溫暖和愛。

妮娜和阿貝拉花好多時間在一起。

她們喜歡編一些好笑的歌亂唱一通。

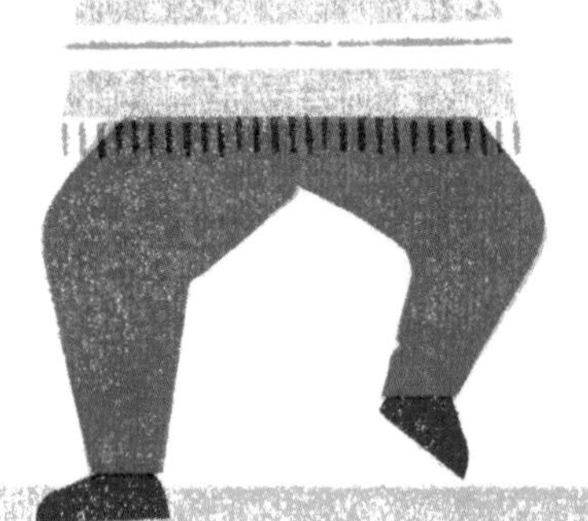

她們喜歡手拉著手轉圈圈，

轉到頭都暈了。

阿貝拉喜歡教妮娜

怎麼做出

墨西哥傳統的剪紙拉旗。

妮娜呢，她很愛逗阿貝拉笑。

不過， 她們最喜歡做的， 是一些很簡單的事情，
每個星期天， 她們會靜靜的坐在公園裡，
吃著圓圓的甜麵包， 看著走來走去的人們。

有一天，阿貝拉有個想法。她想每個禮拜存 20 披索，等存夠了錢，她想給妮娜買一份特別的禮物。

也許，是一輛腳踏車，
讓妮娜可以騎去上學。

也許，是一隻小狗，
可以陪妮娜玩。

也許，阿貝拉可以帶妮娜去從來沒去過的海邊。

阿貝拉真的就開始行動了。

每個禮拜五工作結束之後，

她就會丟一些披索到她的祕密罐子裡。

時間一天天過去，妮娜長大了，阿貝拉更老了。
在墨西哥生活越來越辛苦。

雜貨店
肉舖專賣店

東西的價格越賣越貴，
人們又餓又沮喪。

阿貝拉的日子也更困難了。
她已經有一個禮拜，
沒有多餘的披索
可以放進祕密罐子裡了。

不久，政府又更改了貨幣制度，

人們必須把他們手上的舊鈔票拿去換成新的鈔票。

舊的紙鈔無法再使用了。

還有一件事情也改變了，妮娜放學後會跟朋友玩在一起，她不像以前那麼常來看阿貝拉。

阿貝拉得比平常更努力工作，她總是很累。
阿貝拉和妮娜並不是不相愛，
只是，事情有時候就是會變成這樣。

有一天，妮娜想起她好久沒去看阿貝拉了，
她決定去阿貝拉家一趟。

她到的時候，阿貝拉不在。
房子裡看起來有點沉重又滿是灰塵。
「我知道了，」妮娜想，「我可以給阿貝拉一點驚喜」。

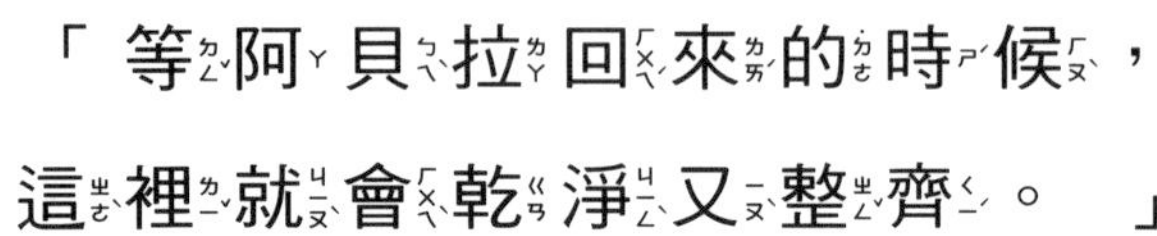

「等阿貝拉回來的時候，
這裡就會乾淨又整齊。」
妮娜心想。

打掃的時候，妮娜注意到一個被藏起來的罐子，裡面滿滿都是舊的披索。

「喔，糟糕！」妮娜想，「這些全都不能用了。」

當阿貝拉回來看到妮娜的時候，
她的心裡又充滿了溫柔。
「妮娜，」阿貝拉說：「真高興見到你！哇！
看看我的廚房變得多不一樣！」

「我想幫你做點什麼！」妮娜說。
「你看，我還找到這個！」

阿貝拉傷心的說：「我想買個特別的禮物給你，
但是我忘了把錢存到哪兒去了！
現在這些鈔票都不值錢了！」
「沒關係的，」妮娜說，「我有個好主意！」

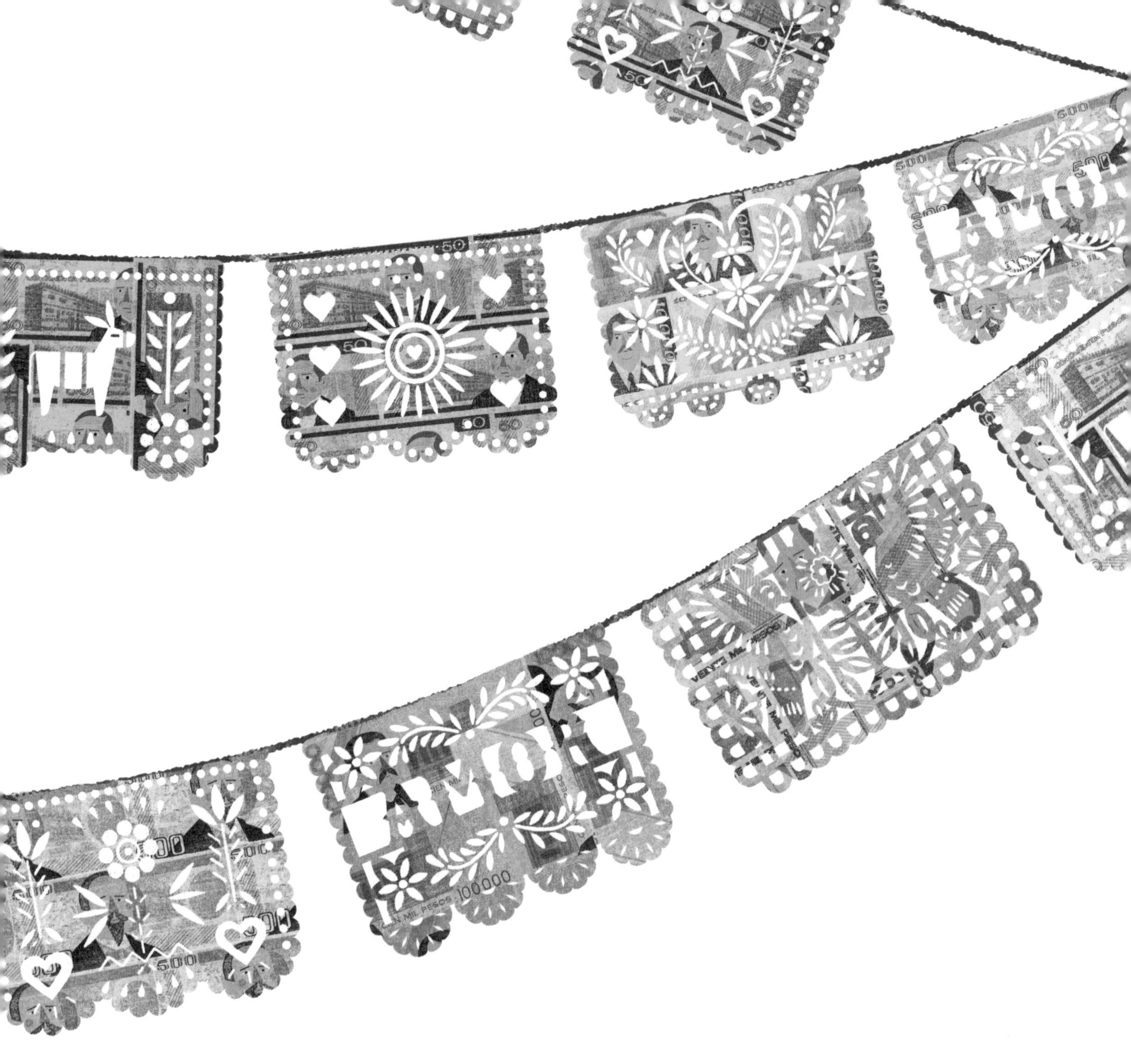

妮娜和阿貝拉用那些舊的鈔票，
做了好多超級漂亮的剪紙拉旗。

AMOR

接下來的那個禮拜天，

阿貝拉和妮娜一起到公園，

她們吃著圓圓的甜麵包， 看著走來走去的人們。

這些還是她們最愛一起做的事！

獻給我愛的家人

繪本 0252

外婆阿貝拉的禮物

文．圖｜西西莉亞．瑞茲　譯者｜張淑瓊

責任編輯｜張佑旭　美術設計｜王薏雯　行銷企劃｜陳詩茵
發行人｜殷允芃　創辦人兼執行長｜何琦瑜　總經理｜袁慧芬
副總經理｜林彥傑　副總監｜黃雅妮　版權專員｜何晨瑋、黃微真

出版者｜親子天下股份有限公司　地址｜台北市 104 建國北路一段 96 號 11 樓
電話｜（02）2509-2800　傳真｜（02）2509-2462　網址｜ www.parenting.com.tw
讀者服務專線｜（02）2662-0332　週一～週五：09:00~17:30
傳真｜（02）2662-6048　客服信箱｜ bill@service.cw.com.tw
法律顧問｜台英國際商務法律事務所．羅明通律師
總經銷｜大和圖書有限公司　電話：（02）8990-2588

出版日期｜ 2020 年 8 月第一版第一次印行
定價｜ 320 元　書號｜ BKKP0252P　ISBN ｜ 978-957-503-641-6（精裝）

訂購服務

親子天下 Shopping ｜ shopping.parenting.com.tw
海外．大量訂購｜ parenting@service.cw.com.tw
書香花園｜台北市建國北路二段 6 巷 11 號　電話（02）2506-1635
劃撥帳號｜ 50331356　親子天下股份有限公司